앞서 간 사람들이 남긴 미소

앞서 간 사람들이 남긴 미소

표현 시동인 제31집

김남극 김서현 김순실 김창균 박해림
이화주 임동윤 정주연 최수진 한기옥
허 림 홍재현 황미라

우리글

머리글

 하루하루가 고단하다. 나뿐만이 아니라 이 반도의 땅을 살아가는 백성들은 너나없이 그러할 것이다. 뒤를 돌아보지 않는 속도와 어제에 기반하지 않은 생뚱맞은 오늘이 탄생한다. 이 무한히 질주하고 탈주하는 시대에 우리는 소박한 시민으로 책상머리에 앉아 글을 쓴다. 시대에 맞서는 무기치고는 참으로 초라할지 모르지만, 시대를 일깨우는 채찍 정도는 될지 모를 일이다.

 모 작가는 무지하고 무능하며 폭력적이기까지 한, 한 나라의 통치자를 '도자기박물관에 간 코끼리'에 비유하기도 한다. 얼마나 많은 박물관의 도자기가 박살날까? 누가 저 위험하고 무지한 코끼리를 박물관에서 내몰 것인가? 이러다 박물관까지 부서지는 건 아닐까? 참으로 참담한 심정을 느낀다. 요즘 나라와 나와 내 이웃을 걱정하는 마음은 상식을 가진 선량한 백성들의 일상이 되었다. 전쟁과 기후 재앙으로 고단한 피난길에 오른 약소국 가난한 백성들을 보며 우리의 시가 그들의 눈물을 닦는 손수건으로 쓰일 수 있었으면 하는 바람을 가져본다.

「표현」 시동인의 평균 연령이 점점 높아지고 있다. 그러나 이 높은 연령에도 불구하고 쉼 없이 글을 쓰는 동인들께 존경의 마음을 보낸다. 그리고 올해 신입회원으로 가입한 김서현 시인께 감사의 말씀 드리며 더불어 동행할 수 있어 기쁘다. 앞으로 더 풍요롭고 활기찬 「표현」이 될 수 있도록 신입회원의 적극적인 참여를 기대해 본다.

부디 이 동인지가 우리에게 작은 기쁨과 자랑이 될 수 있길 바란다.

2024년 가을
「표현」 시동인 회장 김창균

차례

제4부

동인 신작시

숫돌을 지고 가는 것처럼
/ 김남극

숫돌을 가지러 홍천 내면엘 갔었지 욕심이 나더라고 따블빽
에 꽉 채웠어 짊어지니 마찔하더군* 길을 나섰는데 봉평이 멀더
라고 보래령 올라가면서 후회하기 시작했어 스무 걸음도 못 가
하나 버리고 열 걸음도 못 가 하나 버리고 잿말랑**에 오를 때
쯤 반은 없어졌더군 보래령 내려오면서 무릎이 시큰거릴 때마
다 하나씩 버리고 집 마당에 들어서니 따블빽에 가득했던 숫돌
이 열 개도 안되더군

이젠 지고 갈 수 있는 짐은 얼마 안 되는데
등짐에 자꾸 구겨 넣고 또 구겨 넣는

숫돌을 지고 가는 것처럼
미련하고 미련한

* 마찔하다 : '묵직하다'의 강원도 방언
** 잿말랑 : '잿마루'의 강원도 방언

할머니가 없는 할머니 집

/ 김서현

아픈 손가락 삼촌이 떠나가던 날
부뚜막 앞에서 쭈그리고 앉아 밥을 짓던 할머니
다리가 없고 매우 큼직하고 우묵하게 생긴,
뜨거워지는 데는 조금 시간이 걸리지만
일단 달구어지면 쉽게 식지 않는
그런 가마솥에

젖이 안 나와 고구마로 겨우 연명했다는 삼촌
떠나는 마지막 날 고봉 밥사발에
쉰내가 그득하다

뒤란에 놓여 있던 녹슨 세발자전거
담장 아래서 고개 숙인 코스모스
햇살이 너무 밝아서
꾸벅 졸았을 뿐인데
반쯤 열린 가마솥에 저녁이 가득 차고
텅 빈 마당에 백발이 무성하다

밥 먹으라고 부르는 할머니 목소리 아득하다

기와지붕 너머로 뜬 보름달처럼
구절리에도 가을이 왔다

대암산 용늪

/ 김순실

붉은 병꽃 따라 굽이굽이 다다른
하늘 맞닿은 정상에
백두대간의 심장, 대암산 용늪

눈부신 신록의 생명 품은
깊고 오래된 시간의 고임 속엔
무수한 말과 생각과 마음이 쌓이고 쌓인
퇴적의 시간이 있다

몇 천 년의 바람 묵묵히 견디고
햇살과 구름 온 몸으로 받아 안은 용늪에서
영원을 잉태하는 대지모신을 모신 오늘

저 늪 어딘가에
살아 숨 쉬는 언어의 이탄층을 생각한다

용이 쉬어갈 때 음미하던
무릎을 탁 치는 그 한 문장을

비무장지대 부근에서 맞는 봄

/ 김창균

겨울이 쓴 문장을 버리고
천지간에 새로운 문장이 들어찬다
골목에도 부두에도
비무장지대 민둥산에도
또 묘지에도
득실거리는 봄
동해에서 얻은 소금 한 줌
다시 동해에 슬그머니 풀며
애잔한 것들과
겨우내 상해버린 모든 것들을
땅속에 묻으며
오랜 망설임 끝
너에게 닿기도 전에 금이 가버린 너에게
안부를 묻는다.

연흔漣痕 – 강릉, 그 바다에 닿다

/ 박해림

너는 연흔,
전생의 나이다
아니면 후생의 나일지 모른다
퇴적층에서 태어난 나는
퇴적층에서 너를 만나 이곳으로 흘러들었다
일정한 형태가 없어 좋은
일정한 형식이 없어 좋은

나는 연흔,
후생의 너이다
아니면 전생의 너일지 모른다

잡을 수 없어 좋은
잡히지 않아서 좋은

쉬지 않고 흐르는
어디에도 닿지 않아 좋은

16

세월교에 세월이 가면
/ 정주연

어스름 초저녁이 수초처럼 흔들리는
여기 세월교

강물 위로 하염없이 내리는 봄비는
수천수만의 작은 동그라미를 그리며
강폭을 넓히고 있다
어느 먼 기억 속으로 흘러가는지

저 알 수 없는 소곤소곤 강물의 속삭임
셀 수 없는 생을 다 하고도
다시 돌아온 유장한 강물의 나이는
그저 무심으로만 잴 수 있다고
내 나이 묻지 말라며 피어나는
자욱한 물안개

그렇게 젖은 세월이
콧구멍 다리를 지나가고 있다
세월교에 세월이 가는 소리
어디선가 가늘게 깔리듯 들려오는 오카리나 선율로
한 시인이 울고 있다.

소양강 다리 미술관
/ 이화주

소양강 다리로 막 들어서는데
봉의산 위로 새들이 줄지어 날아온다.

신호에 걸린 차들 길게 멈춰 서고
학생 셋이 자전거를 타고 나란히 달린다.

달리는 또 다른 자전거 하나
빨간 반바지 꽁지머리,
남자? 여자?
아 ～ 남자다.

와!
자전거 핸들 잡은 손 놓는다.
페달만 밟는다.
핸드폰 든 손 높이 쳐든다.

서쪽으로 기울어지는 햇살에
호수 속 조형물 잉어 입에서

별이 되어 뿜어져 나오는 물줄기
그 위로 막 새들이 날아가고 있다.

꽁지머리 지나쳐
학생들 자전거가 앞서 달린다.
그 학생들 자전거를 지나쳐 내 차가 달린다.
와 어떻게, 제한 속도 30km

미술관 입장료라 생각하라고?

오, 유정! – 「산골 나그네」를 읽고
/ 최수진

살어리 살어리랏다 실레에 살어리랏다
덕돌이 처 거지의 처 함께 실레에 살어리랏다
얄리얄리 얄랑셩 얄라리 얄라…
어머니는 일찌감치 찜하셨단다
나그네 손 귀한 줄 알고
제 며느리로 점찍으셨단다

아이코, 어머님
그 며느님 어느 가문일 줄 알고
덥썩 들인답니까?
술상을 보고 행랑객을 보았으니
덕돌이 놈 바지춤도 보아야겠지요
아무리 내외의 이부자리가 좋아도
체통을 지키셔야지요

혼례에 눈이 먼 어머니
며늘아기 빈 자리만 쳐다보았지
물방앗간 은신하던 제 짝 만나러 간 줄도 모르고

호되게 당하였단다

새 옷 걸친 걸인 뒤뚝거리며 제 처와 걷네
덕돌이 모자母子의 손끝이 닿을락 말락
고것의 똥끝이 마르는 것 같다 하더라

오, 예나 지금이나
여인의 치마폭이 무서운 것을
소설가 유정은 알고 있었다나
얄리얄리 얄랑셩 얄라리 얄라

강원도라 쓰고 그대라고 불러보는

/ 한기옥

내 몸에서 감자를 지우고
내 몸에서 옥수수 먹던 시절을 빼내가고
내 몸에서 푸성귀며 나물 냄새 빨아내고 나면
뭐가 남을까요, 나

그대들이 지싯지싯 들어와
주춧돌 놓고 서까래 얹고
지어준 집 있어
나 여기 이만큼 살아있는 걸 텐데
이적지 그대들 앞에
머리 조아려본 적 없네요, 나

강원도 아닌 데 가서
나 원주서 왔어요, 하면
감자바우 촌놈이구먼요
더 캐묻지 않고 손잡아 줬었죠
찐 사람 이름표 달고
머리카락 희끗거릴 때까지 살게 해줘서

고마워요

강원도라 쓰고
내 사랑, 내 연인, 내 사부…
라고
오늘도 혼자 발그레해져서
가만히 불러보는
그대, 그대들

사천 마녀

/ 홍재현

태풍이 몰아치는 사천 바다
갈가리 찢어진 회색 레이스가 펄럭인다

빙그르르 빙그르르
휘몰아치는 바람결에
모래톱을 할퀴며
마녀가 춤을 춘다

깔깔깔 까르르르
일곱 마녀가 목쉰 노래를 부른다

여름내 사람들을 품었던
푸른 옷을 벗어 던지고
비로소 찾은 야성의 자유

아이야,
폭풍우 치는 바닷가엔 절대 가면 안 된단다

여름의 끝
지금은 마녀의 시간
솟아오르며 할퀴며 부서지며
마녀가 춤을 춘다

푸른 기억

/ 황미라

버스가 지나간다
강원운수가 빠르게 읽힌다
타지에서 보는 강원이란 글귀를 보면
등이 묵직하다

버스가 낭떠러지로 떨어질까 봐
창문에 기대지도 못하던 어린 날의 산길이
덥석 업힌다

버스는 굽이굽이 산 옆구리를 타고 돌아갔지만
해와 달은 산등을 딛고 떠오르려니 더 힘들었겠다

산기슭에서 밭을 일구던 이들은 다 어디로 갔을까
곳곳에 터널을 뚫어 길을 터주어도
돌아가지 않는 사람들,
감자알처럼 옹골차게 꿈이 영글었어도
등이 많이 허전할 것 같다

강원이란 말 속엔 청산이 산다
산에 기대어 살아온 날들 만큼 산도 사람의 등을 기억하나보다
푸릇푸릇 무늬진 등이 뻐근하다

강원

/ 허림

강원을 떠나 잠시 경기에 산 적 있다.
몇몇 애인들을 만나기도 했는데 한결같이 '강원이 고향이세
요' 묻곤 했다.

경기에 그렇게 살았는데도 경기는 없고
강원이 내 안에 있다니

그 옛날 강원은 눈이 자주 내렸고 어둠은 일찍 오고
그 여름 우기의 밤은 캄캄했고 집도 떠내려갔는데

강원은 뭐길래
몸속에
말속에
광솔처럼 깊은 것이냐

최
수
진

2021년 《시와소금》 신인상으로 등단.
시집으로 『산채비빔밥과 몽키바나나』
『Mrs. 함무라비』『뭄』이 있다.
wls11010@naver.com

신작시

폭포 | 하얀 방 | 비가悲歌 | 벵골고무나무의 사춘기 | X
엄마의 문 | 소유 | 접속 | 변비 | 키티 – 길들임에 대한 소고

시인의 말

나를 온전히 꺼내 보이는데 열 편의 시로는 부족한 감이 있었다. 아니, 실은 내 자신을 이렇다 할 문장으로 명징하게 제시하지 못하는 이유에서 불안감도 컸다. 살아온 날이 많지 않은 탓에 시가 무르녹지 않아 그런 걸까. 잡설이 길고 군데군데 미사여구가 쌓여갔다.

간혹 어떤 이는 내가 하고 싶은 말이 많아서 그런다고 하는데 과연 그럴까. 이런 고민이 꼬리에 꼬리를 물어갈 때쯤 나는 어느 한 지점에 이르게 되었다. 많은 걸 담아내기보다는 한 가지 공통된 주제로 열 가지 색깔의 글들을 엮어보자는 생각이었다.

각기 처한 환경은 다르지만, 누구나 그 내면에는 손가락에 박힌 자그마한 가시처럼 찌릿한 아픔이 존재할 것이다. 나는 그걸 성장통이라 믿고 있다.

그래서 이번 호에서는 나의 성장통에 관한 이야기를 담아보고자 했다. 반드시 한 번쯤은 겪어야 할 통과의례와 같은 성장통, 그 안에서 누구든 자신만의 어린 싹을 틔워나가길 바란다. 내게 직간접으로 다양한 영감을 주는 모든 사람을 사랑하며 늘 함께이길 소망한다.

폭포

물이 그득하오
눈에 들면 눈물
코에 들면 콧물이니
어딜 가나 물, 아니 든 곳 없소

저런, 그릇을 떠난 물은 곧 없어지니
어서 빨리 득음에 이른 자의 가슴에 넣어주오
그이의 단추를 잘 채워 간직하도록 하란 말이오
허나 마음에 든 건 진물일 것이매
그 역시 흘러야만 할 테요

쏟아지는 물줄기로 모처럼 귀를 뚫었소만
구멍마다 차오르는 물은 부족한 때 없으니
보시오, 이 모습은 꼭 폭포 같다오
그렇게 넘쳐야만 한다오

하얀 방

우유를 엎질렀어
우유의 울음은 찐득해
나는 우유를 품고 있지만
우유를 달래지 못했어
우유의 앙앙거림이 길어지자
나는 쓸데없이 귀찮아졌어
우유의 눈물을 손에 쥐니
입술은 좀체 떨어지지 않는데
발걸음만 기차에 올라
하늘도 무심하지
우유는 너무 여려서 이 여름을 버티지 못한다는 걸
남겨진 우유를 두고
나는 생각해
변한 게 우유인지 나인지를

비가 悲歌

어머니, 비가 거기에 내린 건 비의 잘못이 아니에요
알잖아요, 바다를 살찌우게 하는 겨울비라는 걸

해변에서 개 한 마리를 봤죠
기름 냄새 가득한 이 몸 정화하려고
떼구름들이 거침없이 토사물을 뿌려댄 거예요
예보가 엇나간 까닭은
정수리에 박힌 시계추가 자꾸만 서성였기 때문이죠

오, 어머니! 그렇다고 바다를 적시지는 말아요
찢긴 몇 오라기의 마음 덕분에라도
사나이의 거친 달음박질을 막지 마세요
빗물로 삐뚤빼뚤 박음질할 어머니란 걸 알거든요

거길 택한 건 비의 잘못은 아니에요
감히 말할 수 있어요

벵골고무나무의 사춘기

몇 뼘을 재야
너와 뺨을 맞댈 수 있을까?

짙어지는 노을 속으로
암호를 던져 놓았더구나
어찌나 빨랐던지!
그래, 그마저도 쉽게 장타로 날려버렸다면
어쩌면 우리 사이는 그냥 싱거웠을지 몰라

출구 앞에서 뭉그적거리니
게임을 하려는 거야, 정말 한 방 먹이려는 거야
그림자는 거짓말을 하지 않는단다
옆자리의 선인장을 봐
날로 자라고 있어
숨 쉬듯 꿈을 먹고 있잖니

어른 나무가 되면
네게 들려줄 이야기가 아주 많아
어둠을 걷으면 다리가 짧아지는 꼬마야,

비밀을 하염없이 잎새에 새기고만 있는 걸
나는 알 수 있지만

짭조름한 우리 사이를 지키려면
열댓 뼘을 잰다 해도
네 키와 같아질 순 없을 거야, 절대로

X

나는 X 분석가다. 본업이라 해도 무방하지만 이를 직업이라고 볼 것도 없다. 생계유지를 위한 거지 즐기며 할 정도의 여유가 있는 건 아니라서 지금껏 속 시원히 밝히기 애매했다. 일감이 정기적으로 들어오지 않으며 장소의 제한도 없다. 문자그대로 시도 때도 없음이다. 그저 웃음이 나온다는 말이다. 그러나 심적으로 체계적인 X의 분석을 위해서는 한시바삐 뒤틀린 창자를 마주해야 한다. 이마에 땀이 촘촘할 때쯤 나는 갓생성된 비정형 물질 X를 고이 품에 안고 연구실을 나온다. 남은 절차가 있다. 총총한 별빛 아래의 거길 찾는다. 거대한 용광로, 정형적 사건. 나는 더미 위에 불붙인다. 터덕터덕 집념이 타들어 간다. 바람을 불어본다. 틀을 깬 순간 X는 악마로 둔갑한다. X는 나와의 거래를 원한다. X가 말하길, 주인이시여! 남김없이 태우고자 한다면 너희 자신의 불덩어리를 버리시오. 나는 도려낸 심장을 마른 햇볕에 널어두며 꺼져가는 X의 표식에다 강렬한 키스를 남긴다. 과거의 X를 떠올리며 분석지에 결과를 기록한다. 가쁜 하루가 지나간다.

엄마의 문

비밀이 탄로 날까 봐 두려운 엄마는 문단속을 늘 철저히 했다. 그 시각 안에서는 이리 떼의 포효하는 소리가 간헐적으로 들렸다가 사라지곤 했다. 엄마는 한평생을 기계처럼 살았다. 기름 먹은 문짝이 헐거워지면 다시 새 기름을 먹였다. 엄마의 벗은 혀였다. 끝도 없이 타오르는 불꽃이 주는 즐거움을 누렸으니 그게 사치인 줄로만 안 것이다. 엄마는 노쇠했고 순풍으로 불룩했던 배도 어느샌가 변해버렸다. 엄마의 문이 굳게 잠긴 걸 알아챈 건 사실 그때부터였다. 이제 엄마의 문은 어디에도 없었다. 나는 잠이 오지 않아 꽤 여러 번 뒤척여야 했다. 엄마의 문을 열어야 했다. 이 몸을 다시 접어 그 안으로 들어가고 싶은 욕구가 들끓었다. 나는 엄마를 채근했지만, 엄마는 긍정도 부정도 하지 않았다. 대신 내게 열쇠를 하나 건네줬다. 나는 이 열쇠로 엄마의 문을 열고자 애썼지만, 자물쇠가 도통 맞지 않았다. 엄마는 힘들어했다. 그 일로 나는 엄마와 서먹하게 헤어졌다. 내가 엄마가 되면 비로소 엄마의 문을 열 수 있을까. 엄마의 열쇠가 여기 이렇게 전리품으로 남아 있다. 때마침 울타리 안에서 살쾡이 무리가 울부짖는다. 밤이 깊다.

소유

빵을 가졌다. 건조한 빵은 마중 나온 이빨을 어색하게 만들었지만, 메마른 빵 하나 허락된 이 순간이 내게는 천금보다 귀했다. 빵 속에 무엇이 들어 있었던가. 자비가 없는 크림과 군더더기처럼 난잡한 초콜릿. 이 모든 게 빵의 근본이었다. 빵의 기초를 모르는 사람은 당연히 빵을 가질 자격조차 없는 것이다. 빵을 들고 우걱우걱 씹어보았다. 마치 질긴 쇠 같았다. 그러나 나는 이 빵이 익숙했다. 세상에서 이만큼 질리지 않는 음식이 없으며 나만큼 빵에 대해 잘 아는 사람도 드물다. 나는 지극히 최초이며 유일한 빵의 전문가인 셈이다. 빵을 쟁탈하기 위해 우리는 서로가 수단과 방법을 가리지 않는다. 어쩌면 최초의 문명이란 것도 빵을 제단에 바치면서 시작된 게 아닐까. 이미 훨씬 전의 일이긴 하지만, 빵을 빵으로 거래하던 시절도 분명 존재했었다. 그땐 누구든 빵 하나면 지금의 나보다 더 큰 만족감을 느꼈을 것이다. 상상만 해도 즐거웠다. 이 시대의 빵은 옛 감수성을 간직하고 있진 않다. 보란 듯이 공장에서 획일적으로 찍어내고 있기 때문이다. 그래도 나는 약간의 돈이면 편의점에서 쉽게 사 먹을 수 있는 이 빵이 좋다. 빵의 단점은 무수하다. 칼로리가 높아 체중이 불어날 염려가 크다. 그리고 다분히 중독적이다. 알레르기를 유발하는 물질이 혼입될 가능성도 있다.

요즘 사람들은 시시하게 여기기 때문에 빵 따위는 선물하지 않는다. 그러나 오늘도 진열대에는 빵이 가득하다. 빵은 빵으로만 대체된다. 그리하여 빵의 순환은 영원하다.

접속

넘치거나 모자람 없이 당신 안에 나를 붓고…

나로 가득 찬 당신은 지금부터 어떤 모양이든 될 수 있습니다.

주문을 욀 필요는 없어요. 이건 마술이 아니기 때문에요. 단지 의식일 뿐이죠.

오, 그렇다고 감각으로 말할 수는 없어요. 감각만으로 나를 느낄 수 없어요.

오직 깨어있어야 하죠.

코드가 맞아야 해요. 비밀이 열려야 해요. 절전 모드를 해제시키기로 해요.

당신 안의 내가 자유롭게 떠다닐 수 있도록 제발 그 안개를 거둬요.

탐스러운 거베라가 꽃가지를 열 수 있게 나를 가만가만히 다뤄요.

사뿐히 내 발치에 내려앉아 앙증맞게 발장구를 쳐요.

그렇담 나는 완전해질 수 있습니다.

가끔 전류가 튀기도 할 거예요. 걱정은 말아요, 전압을 교체하는 건 쉽답니다.

그저 나를 바라보세요. 어둡고 비참하게 홀로 있지 말아요.
당신의 말을 학대하지 말아요. 능숙한 솜씨로 몰아요.
당신은 나의 마부이니까요.

나의 벗에게…

변비

나의 자갈아,
큰 바위가 잔돌이 되기까지 얼마나 오랫동안 애썼을까.
나는 그 마음의 반의반도 잘 모르겠어,

뒤집히고 헤쳐지며 냉철한 물결 속에서 단련된 네 몸
나는 널 만나고 싶어 한달음에 여기까지 달려온 거란다.
네 손길이 따뜻하다고 들었어. 네 눈빛이 부드럽다고 들었어.
너는 세상 그 무엇보다 고요할 거야.

사랑하는 나의 자갈아.
애써 힘써서 날 보러오지 않아도 된단다.
때가 되면 응당히 우리는 마주치게 될 거야.
내가 기뻐 환호하게 될 날, 그날이 오면
난 첫울음을 우는 너를 안고 무수히 많은 키스를 퍼부을 테야.

네가 너무 소중해서
내게 데려오지 않는 거야.
그래도 나는 네가 밉지 않아.
언젠가는 나도 큰일을 해냈다고 자랑삼아 말할 수 있게 될

테니
　그때까지 기다려보자.
　사랑하는 자갈아, 네가 너무 그리워.

키티 – 길들임에 대한 소고

안녕하세요, 행인-1입니다.

아니, 갈 곳은 있으나 머물 곳 없는 내 순번은 이미 100번째
인지 모르죠.

약방의 감초라고 하지만 잠시라도 화면 안에 잡아두지 않
는걸요.

보아하니 그대 역시 같은 처지군요. 아까부터 길바닥을 부
유하고 있었잖아요.

뭐죠, 방금 내게 들이민 무관심은 약인가요, 독인가요.

보송한 잔털에 고동빛 줄무늬가 돋보여요. 나는요, 나는요?

관객들이 얼마큼인지 헤아릴 수 없어요.

근데 그대는 왜 이리 유별난가요. 터진 순대 속을 헤집네요.

면발이 꼬들꼬들한가요. 고기는 어때요, 제법 질긴가요.

내겐 특이점이 없죠. 별난 장소에서 별난 그대를 바라보는
것 이외엔.

여기는 오물 배출 금지 구역일까요.

눈동자들이 봉투에 싸여 한데 묶여 있지만요. 단물에 절어
흥건한 상태였죠.

나는 잠깐 배설하고 싶었어요. 감춰왔던 충혈된 야생을 밝힐 거예요.
　말하자면, 들키지 않을 정도로만 폐기름을 토해내는 거예요.

　키티, 그대의 애칭이에요.
　지금부터 한 뼘씩 그대를 길들일 테니 거부하지 말아요.
　쉽지 않다는 걸 알아요. 1초도 안 돼 등을 돌릴 수 있는 거니까.
　나라는 시선을 건네줄 테니 우물거려봐요.
　식감이 꽤 적당할 거예요. 그댈 위한 맞춤 식사거든요.

　101번째인가요.
　오, 키티! 난 진실한 사람이 아닐지도 몰라요.
　누군가에게 하나뿐인 존재는 단지 내가 아닌 거예요.
　그게 사실이자 자연이란 거죠. 나, 너무 늦게 알았을까요?

　아아, 앰뷸런스를 타고 싶어요.

섬망

/ 김창균

가끔 맥락 없는 말
정말 지독하고도 모서리가 없는 말
지금으로부터 가장 멀리 있는 말
저 말이 둥근 이유는
한 생을 다 돌고 지금
뜬금없이 여기 와 있기 때문일 터

모서리가 나달나달해진 사전처럼
그렇게 숨소리가 닳고 닳아
쏟아져도 몇 날 며칠을 쏟아져도
순하디순한 말

건널목에서

/ 황미라

신호등이 바뀐 지 한참인데
자동차들 그대로 서 있다
노인이 건널목을 간신히 건너고 있는 것이다

얼굴에 주름이 가득하다
쪼글쪼글한 저 주름은
몸 안으로 난 길
엄연한 사람의 길

일찍이 순해진 귀로
종심을 지나 망구에 들었을까
노인은 성한 햇살 밖에 두고
주름살 깊이 축축하고 어두운 그늘만 품은 듯하다

우리가 볕을 쬐는 양지는
앞서 간 사람들이 두고 간 미소가 아닌지

눈물도 마른 주름의 골짜기 점점 깊어져

마침내 바다까지 꺼져버릴 걸 아는
노인은 바쁠 게 없다

내세로 통하는 길인 양
자동차도 바퀴를 공손히 모으고 숨죽인 건널목
타박타박 노인이 주름 속으로 걸어간다

그네가 있는 오후

/ 홍재현

탕! 닿지 않는 발끝을 굴렀지

하늘 끝까지 그네가 솟구치고
손을 놓을까 하던 찰나

휙! 떨어지는 그네에 놀라
줄을 꽉 움켜쥐었다

점점 짧아지는 포물선이
마침내 점이 되는 순간

집에서 멀어지고 싶은 마음은
나도 모르게
다시 한번 닿지 않는 발로 땅을 밀고

부르는 소리도 없이 붉어진 놀이터의 하늘

그 하늘로

다시 그네가
솟구쳐 오르는 오후

– 「강원아동문학회 49집」 발표

노을이 가는 곳

/ 허림

그곳은 멀지 않았다
내 귀에 혹은 마음에 닿기까지 물결 따라 오래도록 흐르다가

거기, 닿았다
보내고 잊어버린 바람의 일기와 사무치게 그러나 기억나지
않는 길들

세상에는 눈물이 차고 넘쳤다

모래톱 따라 걷다가 뼈처럼 반짝이는 조개를 보았다
끝까지 살아보겠다는 결기 같다
그리고 오래도록 서성이는 사람을 보았다
그가 걸어온 길들은 다시 바다가 되었다

하루에도 몇 번씩 지울 수 있는 것들이면 다행이겠다

비로소 바다가 되는 거기
바다의 울음을 묻어두고 돌아가는 그를 오래도록 배웅하였다

말을 배운 후 슬픔이란 걸 알았지만 샘은 깊었다
그도 흘러가면서 거기, 닿을 수 있을까

그가 걸어온 길들은 다시 그대가 되었다

– 2024년 8월 「모던포엠」 발표

누옥 욕심

/ 김남극

둥근 정원을 하나 갖고 싶었습니다 물을 끌어 배롱나무 꽃을 비춰두고 자귀나무 꽃이 진 자리에 제월당* 들이고 달 뜨면 월훈을 따서 당신 손가락에 끼워주고 그 손가락이 가리키는 대나무 숲 속에서 겨울을 맞이하고 싶었습니다 겨울은 느리게 가고 봄은 빠르게 지나는 둥근 정원에서 한 십년 살면 곤줄박이나 박새도 식구가 되고 메꽃이 새벽 잠을 깨우는 시절을 맞이하리라 야무진 꿈도 꾸었습니다 늘 애무진 꿈은 개꿈이라서 둥근 정원은 묘연한데 모란은 삐라처럼 지고 작약은 한창입니다 각시붓꽃 앉은 자리로 해당화 노란 꽃잎은 지는데 멧새 몇 마리 날아와 소리처럼 봄볕을 흔들고 간 후 소낙비 내리고 마당 구석엔 빗물이 고여 작은 연못을 이뤘습니다 물결 사이로 구름도 지나고 꽃잎도 떨어져 화양연화 같습니다 돌아보니 누옥은 명옥헌** 같고 돌아보니 마당은 호서장*** 같습니다

후원을 갖고 싶었습니다 부용정****이나 활래정*****을 앉히고 은밀한 이야기가 들릴 듯한 비슬나무 아래에 상사화가 피면 옛 연인의 숨결이 남은 홍매화 진 자리로 나비 몇 마리 날아와 짝을 맺든가 잠자리 암수 교미를 하는 양귀비 꽃밭을 보

56

고 싶었습니다 그 후원을 생각하다가 뒤란에서 나물을 삶아
발에 널면서 연초록 물이 빠지는 동안 꽤나무 꽃 진자리나 꽃
사과 꽃 떨어진 자리에 맺힌 둥근 수정란을 만지면서 그 솜털
이 전하는 뒤란의 이야기를 들었습니다 흰 딸기꽃 진 자리에
희끄무레한 딸기가 자라고 묵은 더덕은 깊은 향기 같은 순을
내밀어 함석 울타리를 오르는 시간 나무 함지나 돌절구 같이
오래전 이 자리를 떠난 조상이 남긴 유물은 그렇게 꽃 피거나
재잘거립니다 재잘거리는 뒤란도 연초록 물 다 빠진 산나물이
말라가는 풍경도 다 후원입니다

* 제월당 : 전남 담양의 소쇄원에 있는 집
** 명옥헌 : 전남 담양의 원림
*** 호서장 : 허균이 강릉 초당에 세웠다고 전하는 도서관
**** 부용정 : 창덕궁 비원에 있는 정자
***** 활래정 : 강릉 선교장에 있는 정자

리스본으로 떠난 당신

/ 김서현

인형을 물어뜯으며 온몸을 뒤흔드는 강아지의 물통에 물을
갈아주었습니다

시계를 보니 오후 3시가 돼가더군요
고단한 하루를 보낼 당신을 위해 난 아침밥을 짓기 시작했어요
내 손등까지 넘실거리는 밥물 수위를 당신은 좋아하죠

내일 날씨를 보니 낮 기온 30도로 무더운 하루가 될 것으로
예상이 되었어요
당신의 옷이 젖지 않도록 우산을 준비했지요

그리고, 단정하게 옷을 차려입고 출근했어요
알함브라 궁전까지는 얼마나 걸릴지 곰곰이 생각했지요

광화문 광장에 도착하니 사람들이 많더군요
멀리서만 봐도 렐루 서점에 줄 서 있는 사람이 한 가득이더
라고요

식당에서 창밖을 쳐다보았어요

지중해와 맞서 있는 집들이 모두 하얘서 내 집 찾기가 어려울 거 같다는 생각이 들었답니다

퇴근길에 가로수가 눈에 들어왔어요

탐스럽게 매달린 올리브를 한 바구니 따왔더랬죠

그해 여름 당신은 리스본으로 떠나면서 대서양을 보고 온다고 하였습니다

집으로 돌아와 강아지 눈을 보니 대서양이 가득 차 있었습니다

슬픔이 왔다

/ 박해림

그가 어디서 왔는지 아무도 모른다
어느 날, 가게 유리문 앞에 동그랗게 몸을 말고
하염없이 제 큰 눈을 열었다 닫으며
지나가는 사람들 앞을 파고들었다

누군가 침묵을 깨고 조곤조곤 말을 걸었고
또 누군가는 머리를 쓰다듬으며 발가락에 손가락을 걸었으나
자본주의의 권리금에 대해서 알기라도 하듯
그는 자리를 옮기는 법이 없었다
그 대가로 가끔 햄 조각이 던져졌고
참치캔에 라면 부스러기가
애플파이, 감자칩, 콘칩류의 후식이 쌓였다

비가 오고 추운 날에 그의 안위를 걱정하는 이들이 늘었으나
집은 만들어지지 않았다
아프리카 기니의 눈이 큰 흑인 아이가 말라 비틀린 엄마의
젖가슴에 매달려
'헬프미!' '헬프미!'를 부르짖을 때

고양이는 더욱 단단하게 몸을 말아야 했다

그 대가로 그의 몸은 부풀어 올랐으며
비대한 엉덩이 아래 다리가 꼬이기 시작했다
걸어야 할 이유를 아주 잃어버린 듯 보였다

동그란 것도 슬플 수 있다는 것이

나는, 슬펐다

아기돼지와 꼬마 도깨비와 잠 안 자는 손가락

/ 이화주

"안 갈 거야, 안 갈 거야"
소리소리 지르며 아기 돼지들이 팔려 간 날
"너무 울면 나쁜 일이 생긴단다."
옆집 할머니, 엉엉 우는 나를 달랬지.
그날 밤 화롯불에 손가락을 데었어.

밤이 깊어, 화끈화끈 내 손가락
호호 후후 불어주던, 언니 콜콜 잠들고
도깨비 이야기 해주던 엄마도 쿨쿨 잠들고,
화롯불까지 스르르 잠이 들었는데
화끈화끈 내 손가락은 잠을 안 자.

뻥 뚫린 문구멍으로 데인 손가락 쏘옥 내밀었지.
누가 내 손가락을 툭 건드렸어.
"히히히 난 깨비, 꼬마 도깨비."
깜짝 놀라 구부린 내 손가락 잡아당기며.
"울보야, 우리 손가락 씨름이나 할래?"

꼬마 도깨비와 손가락 씨름하다가
내 손가락 엿가락처럼 늘어났네.
마루를 지나, 댓돌을 지나 앞마당까지.
"꼬끼이오" 첫닭 울자, 꼬마 도깨비 가버리고
내 손가락 위로, 흰 눈이 사락사락 자장가를 부르며 내렸어.

내 꿈속엔, 아기돼지들이 돌아와
어미돼지 품에서 방그레 웃으며, 콜콜콜.

아주 순결한 밤의 노래

/ 임동윤

이 밤 숲속엔, 부엉이 울음 대신
새것들 눈 뜨는 소리만 찰랑거렸네.
가벼운 꼬물거림이 나무마다 걸어 다녔네.
가녀린 숨결이 지날 때마다
연둣빛 노래는 계곡을 흘러넘쳤네.
간혹 동상의 아픈 자리가 도질 땐
훈훈한 바람이 한참을 머물다 가고
젖은 땅굴에서 도망쳐 나온 오소리 가족
슬슬 연둣빛 등 밝힌 나무 곁으로 다가왔네.

새것이야, 노란 꽃이야,
하늘 찌를 듯 높다란 침엽수림도
새것이야, 노란 꽃이야, 얼른 달려오고
늦잠 든 하늘다람쥐도 청설모도
새것이야, 노란 꽃이야, 대문 활짝 열고 말았네.
천년 숲 지키고 선 함박꽃나무도 숨을 멈추고
가지 끝 몽우리 잔 숨결 쓰다듬었네.
자식들 떠나보내고 서러웠던 산수유나무도

그리운 소식들을 올망졸망 매달았네.

이따금 왕눈 올빼미 아저씨 날갯짓을 하면
얼어 터진 가지마다 바람은 드나들면서
꼬물꼬물 연둣빛 새 눈을 달아놓았네.
부푸는 가지 끝, 눈물 자국 묻으며
겨우내 언 강물이 몸을 풀었네.
오직 새것뿐인 밤, 가장 후미진 숲에서
숨어있던 그림자들이 쏜살같이 달아나면
샛노란 봉오리들 가지마다 꼬물거린
그 밤 숲에선 아무도 쉬이 잠들지 못하였네.

– 『산림문학』 2024년 가을호 발표

안개 5
/ 한기옥

난 명사로 말하는 법에 익숙하지 못해요
오늘도
당신에게 기대어 느긋하게
흐르는
망설이는
부드러운
은밀한
이라고 밖엔 말할 수 없어요
망토를 덧씌운
가운을 하나 더 입은
밀짚모자를 눌러쓰고 풀밭을 걷는 자의
감춰진
구체성이 없는
우리의 이 지루하고 끈적거리는 사랑
그냥 내버려 두는 게 좋을 것 같아
이쯤에서 시작하고
그쯤에서 끝맺음하는 사랑은
너무 명사적이라 뉘앙스가 없어요

그냥 날 제발 내버려 두세요
간지럽게 천천히 망설이며
하얗게 혹은 까맣게
그냥 그렇게 내버려 두세요
가늘게
고운
야들야들한
질척거리는
우린 아직도 미명 속에 함께 있어요

– 시집『안개 소나타』(2009, 리토피아)에서 한 편

얼레지

/ 김순실

만항재 야생화 군락지
고개 숙인 보라의 물결 첫 눈길 사로잡네
뭐가 부끄러워 숙이고 있니
사람의 손타지 않은 고개 들어 올리는데 부르르 떨리는 몸
천 볼트 전기 찌를 듯이 관통하더니
배꼽에서 잠자던 마녀 벌떡 깨어나네
얼레지 꽃말 바람 난 여인이라지
이제 지쳤어, 오직 한 남자라는 것에
꽃대에 깃든 서늘 바람이
숨막힐 듯 모래바람 일으키네
얼레지 즙 마시고 질투에 펄펄 끓으며
점 찍어 놓은 남자들 확 달궈놓을 거야
내 품에 무너지는 너를 질기게 안아줘야지
만항재 바람 높은 곳에 죽음 보다 끈질긴 사랑 있어
나를 사모하던 장미꽃다발 제치고
고개 든 얼레지에게 입술 갖다 댈 거야
손가락질 받으면 고개 빳빳이 쳐들 거야
누가 뭐라던 그걸 즐겨

나는 마녀니까

바람 난 만항재 세 갈래 길
영월로 오라고
정선으로 오라고
태백으로 오라고
세 남자 서로 애타게 부르고 있네

줄리엣의 속눈썹

/ 최수진

우리 가문 대대로 내려오는 특별한 보물이 있어
잘 들어, 놀랄지도 모르니까
자! 여길 봐 아니 그렇게 확 낚아채면 뜯어진다고
조각난 나비 날개처럼 다시 이어 붙일 수 없잖아
그저 신비롭게 바라봐야 해
어때, 신기하지?
할머니의 손녀, 손녀의 그 손녀까지 구전으로 내려온
이 시대에 다시 없을 슬픈 사랑

그런데 그거 아니? 아직도 우리가 누구의 후예인지 몰라
곳곳에 로미오가 너무 많거든
총칼이니 미사일이니 하며 서로를 질투하고 증오해
오직 줄리엣만 원하는,
세상은 고혈압이야

아무에게도 꺼내지 못한 말이야
우리 가문은 그녀의 속눈썹을 간직하기로 결단했지
누구보다 눈동자의 곁에서 이 모든 구린내를 감내했던

충실한 종

지금도 전설처럼 기리고 있어, 세상의 소음을 덮어두는 이불을

혹시나 말야
네 주변에 줄리엣을 부르짖는 로미오가 있다면
한 번이라도 떠올려줘
이 시대에 다시없을 슬픈 사랑

자체 발광

/ 정주연

연두가 초록으로 뛰어가는 들판 끝
부서지는 햇살 아래
그토록 새하얗게 웃고 있는 찔레꽃

그 향기는 자체 발광이어서
누구도 흉내 낼 수 없다

무심한 발걸음을 불러 세운
저 향기

봄 벌판의 빛나는 보시행

4부

동인 신작시

황미라

1989년 『심상』 신인상으로 등단.
시집으로 『두꺼비집』 『털모자가 있는
여름』 『꽃 진 자리, 밥은 익어가고』 등
이 있다.
hmrf89@daum.net

수록 시

사이 | 주름을 짓다 | 쓸쓸한 날

시작 노트

어떻게 시간이 흘러갔을까. 계절이 바뀌는지 해가 바뀌는지 모르게 지나갔다. 작년 유월 죽음의 문턱에서 간신히 살아났지만 완전히 회복하는데 꽤 오랜 시간이 걸렸다.

집을 나서며 돌아보던 거실 풍경이 지금도 생생하다. 아, 여기가 이 광활한 우주에서 내가 살아 숨 쉬며 머물던 곳이구나, 생각하니 평상시 느끼지 못했던 아늑함, 더없이 따뜻하고 평화로운 공간으로 보였다. 다시 올 수 있을까? 눈에 넣기라도 할 것처럼 집안을 바라보았다.

심장이 기능을 상실해 가던 그 아슬아슬한 순간을 잊을 수 없다. 그리고 우여곡절 끝에 집으로 돌아왔다. 나는 살아 있는 것이다. 이 경험은 내게 많은 생각을 가져다주었다. 세상이 이렇게 눈부시다니, 풀잎 하나 바람 한 점이 소중하고, 살아 숨 쉬며 보고 느낄 수 있는 삶이 새삼스럽다.

죽음도 그리 낯설지 않다. 내 생이 얼마나 남아 있는지 모르지만, 가능한 단순하고 간결하게 살고 싶다. 복잡한 인간사에서 쉽지 않지만 무엇을 하던 마지못해, 할 수 없이, 뭐 이런 걸 하지 말아야겠다고 마음먹었다.

이런 변화에도 불구하고 시에 대한 나의 생각은 한결 같다. 시 쓰려 애쓰지 않고 그냥 써지니까 쓸 뿐이다. 비록 세련되지 못한 진부한 표현일지라도 그게 바로 내가 아니던가. 나는 나를 떠난 시에 대하여 아무런 말도 덧붙이고 싶지 않다. 알몸으로 나간 시에 읽는 이들이 무슨 색깔의 옷을 입히던 상관할 일도 아니다. 죽으며 가져 갈 것도 아니고, 세상에 남아 두고두고 읽혀질 명시도 아닌, 있어도 없어도 그만인 나의 시.

이렇게 지껄이며 나는 여전히 쓰고 있는 것이다. 무슨 힘으로 써지는 걸까. 아, 숨 쉬며 보고 느낄 수 있는 삶이 새삼스럽다.

사이

황
미
라

오랜만에 하늘의 별을 본다
빛나는 별들 사이 유난히 어둠이 깊다

그 어둠 속에서
또 다른 별이 탄생하는 걸 보면
텅 빈 사이는 존재의 근원이다

사람과 사람 사이,

어둡고 깊은 골에서 생의 무거운 짐을 지고
어떻게든 살아가려 애쓰는

사이에는 보이지 않는 사람들이 넘친다

웃고 있지만 울고 있는
당신은 이미 몽글몽글 구름진 원시별일지도,

사이는 우주의 자궁이다

주름을 짓다

노인은 요약의 달인이다

살아온 날들에 밑줄을 그으며
책장처럼 하루하루를 넘긴다

기쁨도 슬픔도 생살의 갈피에 품고
더는 흘릴 눈물도 없이 수분을 날려
헐거울 대로 헐거워진다

몸이 우주라 해도
한 사람 살았다, 요 문장이면 족하다고

세포를 간추리고 간추리다가
마침내 쭈글쭈글 골 깊은 몸을 둥글게 마는
노인은 간결하다

쓸쓸한 날

황
미
라

다 밀어내기만 하는 줄 알았다

산들도 저만큼 나앉아 있고
강물도 몸을 틀고 굽이굽이 돌아간다

어깨를 무겁게 짓누르는 하늘 아래
속내를 헤집어놓는 비바람은 또 어쩌랴

내륙에서 밀려 밀려 바다까지 왔다 싶은 날
내게 다가오려 애쓰는 파도를 만났다

이만큼 왔다 쓱 물러나
다시 발을 구르며 더 가까이 다가와
환히 웃으며 비린 말을 거는
너르고 너른 품, 바다가 있었다

홍 재 현

2020년 『시와소금』 동시 부문 신인상
으로 등단.
동시집으로 『달팽이 사진관』 『고래가
온다』가 있다.
jaehyunhong@gmail.com

수록 시

그치 ∣ 그런 날 ∣ 가을 아저씨

아이들은 온몸으로 이야기한다. 아이들을 가만히 들여다보면 동시가 한 편 뚝딱 나온다.

한 책상에 나란히 앉아 이마를 마주하고 소곤대는 두 여자아이를 본다. 한 명이 소곤거리며 이야기한다. 앞의 이야기는 들리지 않지만 '그치! 너도 그치!' 소리가 들린다. 고개를 끄덕이며 온몸을 흔들며 둘이 까르르 웃는다. 무언가 통했다는 증거다.

숙제 검사 따위로, 지금이 수업 시간이라는 이유 정도로 저 두 아이의 은밀한 우정을 깨서는 안 된다. 그러면 동시가 날아가 버릴지 모른다.

세 번째 '그치'가 들리는 순간, 온 교실이 난장판이 되었음을 깨닫고 퍼뜩 어른의 의무감이 옆구리를 쿡 찌른다.

'모두 조용! 누가 수업 시간에 이렇게 떠들어!' 잠시 나비처럼 귓가에 날아왔던 동시가 훨훨 교실 창문을 열고 날아가 버렸다.

그치

홍
재
현

주룩주룩 내리던 비가
우리가 집에 갈 때 딱 그치니까
참 좋다, 그치!

어제 숙제 깜빡하고 못 했는데
오늘 선생님도 깜빡하고 검사 안 하셔서
참 좋다, 그치!

'그치' 하고 말할 때는
행운을 만난 것 같은
기분 좋음이 밀려와

'그치' 하고 말할 때는
그 행운을 너하고 나누고 싶은 마음이야
너도 그치!

그런 날

엄마,
오늘 학교에서 리코더 필요했는데
안 가져갔어

"그래서 혼났어?"

아니,
그냥 연필로
리코더처럼 불었어

"그럼 됐네."

그런데,
연필심 입에 물고 불다가 혓바닥이 까매져서
친구들이 놀렸어

"그래서 싸웠어?"

아니,

그냥 참았어.
그런데 엄마

"왜? 뭐 다른 일 또 있어? 엄마 바쁜데."

오늘은 그런 날이었어

"무슨 날? 속상한 날? 화나는 날?"

아니,
안기고 싶은 날

가을 아저씨

아저씨! 아저씨!
어딜 그렇게 급하게 가세요?

"바쁘다 바빠!
올해가 다 가기 전에 지구를 한 바퀴 돌려면
시간이 없어! 시간이!"

어찌나 급했는지
외투 주머니 터진 줄도 모르고
낙엽들 줄줄이
다 샌 줄도 모르고

성큼성큼
긴 다리로 훌쩍 가버린
가을 아저씨

허 림

강원도 홍천 출생.
1988년『강원일보』신춘문예, 『심상』
등단.
시집으로『거기, 내면』『말 주머니』『누
구도 모르는 저쪽』등이 있으며, 산문
집으로『보내지 않았는데 벌써 갔네』
가 있다.
gjfla28@hanmail.net

수록 시

잠잠 ㅣ 삼백고지 전설

새가 넘어 왔습니다. 구룡령 쪽 산마루 넘어 안개가 몰려 왔습니다. 새가 넘어오면 바닷물만큼 시린 바람이 부는데요, 군불을 넣고 바닷가 이야기하곤 합니다. 문어도 돌문어가 맛있고 게도 살 오른 털게가 나올 때가 되었겠다는, 그러다가 고개를 넘어가기도 하고 미산댁이 썰어주는 수육을 먹으러 가기도 합니다.

새가 넘어오면 바다에도 계절이 지나고 있다는 소식을 듣습니다. 봄에는 다시마처럼 파도에 방황하듯 휩쓸립니다. 눈 녹은 오막 앞 골짜기 물도 서두릅니다. 흐르다 보면 살둔도 미산도 기린도 지나 합강 소양강 북한강 한강이 되어 서해에 듭니다. 거기까지 가보지는 못했지만 그리운 건 숨길 수 없네요.

지난여름은 더웠습니다. 염천의 날이 길었습니다. 문이란 문 다 열어놓고 산바람을 불러들입니다. 어느 날엔 매미가 날아들기도 했습니다. 내면 오막에서는 종종 있는 일입니다. 사랑에는 객기가 필요한가 봅니다.

올해는 여러 마을을 다녀왔습니다. 삼백고지는 전쟁 통에 살아야 했던 누이들의 이야기가 전해오는 곳이었는데요, 살아있으니까 어떻게든 살아야한다는 불문의 의미를 던져준 곳이었습니다.

지금은 가을을 지나고 있습니다. 비가 밤새 내렸지요.

그대 별 일 없겠죠?

잠잠

허
림

매미가 들어왔다
낮에 만나지 못한 그녀를 찾아 왔다
창가로 새어나간 불빛을 따라
애인 찾아온 먼 길
오늘 만나지 못하면
그는 숨을 놓겠다는 각오다
그렇게 울며 날뛰다가
잠잠하다
한때 나도 제풀에 꺾인 적 있다

삼백고지 전설

고개도 아닌 둔덕을 삼백고지라 불렀다 그전에는 서낭고개라고 했다는데 전쟁통에 미군이 잠시 주둔하자 들병이들이 몰려들어 자리를 잡고 윙크하며 헬로인지 할루인지 서로만 알아듣는 말을 섞으며 몸을 섞었다고 한다

살 만큼 산 사람들은 다 아는 얘기라며 쉬쉬 했지만 삼백 원이면 하룻밤에 고지를 점령할 수 있었다고 한다

미군이 떠나면서 삼백고지에는 콜크 벽지 공장이 들어섰는데 잘 되나 싶더니 불이나 다 타버리고 전선 공장이 들어섰다가 망하고 얼마 전까지 정화조 공장이 운영되었다는데 하루아침에 문 닫았다고 한다

문 닫은 뒤로 철문 앞에는 개망초가 피었다가 몇 해는 환삼덩굴이 번졌었는데 얼마 전 가보니 가시박덩굴이 덤불을 이루었다

저기가 뭐하던 곳이래유?
아 저기 풀 숲이유 그러게유?
풀수펑을 바라보며 서로 묻고 있었다

한 기 옥

강원도 홍천 출생.
2003년 『문학세계』로 등단.
시집으로 『안개 소나타』 『세상 사람 다
부르는 아무개 말고』 『안골』 『세상 도
처의 당신』 『좋아해서 미안해』가 있다.
'원주문학상', '강원작가상' 수상.
강원문협 회원, 표현시 동인.
eunhasu34@hanmail.net

수록 시

나 그때는 | 엄마 기일 | 좋아해서 미
안해

시작 노트

일기를 쓰듯이 늦은 밤 시를 쓰면서 생에 겸허해지고 싶다. 자꾸 시를 쓰면서 좋은 사람이 되고 싶었지만 나는 시집을 내기 전이나 다섯 권의 시집을 낸 후에나 별반 달라진 구석이 없다.

문재文才 없는 사람이라는 걸 이미 오래전에 알게 되었음에도 이적지 시를 버리지 못하고 사는 이유는 좋은 사람이 되기엔 너무 어렵고 요원한 일이겠다는 걸 매 순간 쓸쓸히 느끼면서 살고 있다는 나를 향한 자기 고백 같은 게 아닐까 싶다.
앞으로 얼마나 더 시를 받아낼 수 있는 정신을 지켜내며 살 수 있을지는 자신할 수 없다.
당분간은 시가 더 내게 곁을 주었으면 좋겠다.
달아나지 않았으면 좋겠다.

앉을 자리 폭신하고 넉넉한 의자 닮은 시를 쓰고 싶다.
어렵사리 마련하게 될 좋은 의자 하나 햇살 비치는 곳에 내놓고 사소한 일로 다치기 잘해 자주 춥고 울화 치미는 날 많은 사람을 불러 한나절쯤 단잠 들게 했으면 좋겠다.
이후로 내가 쓰는 모든 시가 앉을 자리 깊숙한 의자 같아서 세상 끄트머리에서 막막히 울고 있을 당신 품어 안을 기대들로 따뜻했으면 좋겠다.

나 그때는

한
기
옥

언덕 위 판잣집 즐비하던
기차역 동네
아버지는 아프고
엄마가 어묵과 군고구마를 팔던 노점이 딸린 굴속 같던 집
쩡쩡 걸레 얼던 방
함께 살던 조부모
피난 가듯 작은집으로 떠나고
엄마 아버지 남동생들
다섯이 살던
자다 오줌 누고 누우려면
내 자리가 없었지
열네 살 나는
매일
사는 게 우울했지

얼굴에 짙게 분칠을 한
스무 살도 안 된 여자애들이
속살이 보이는 옷을 입고
초저녁부터

골목을 활보하던 동네

아침마다
공중화장실 앞에
길게 줄을 서서
볼일을 봐야 했던

난 거기가 싫어서 그곳에 살았단 말을 오래도록 숨겼었지

달아나고 싶었지만
난 겁쟁이였고 용기가 없었지
그런 나를 안아주는 방법을 몰라
무작정 나를 미워하고 학대했지
그때의 엄마 나이를 수십 년 지나고 난 후에야
어렴풋이
모르는 사람 하나
내 안에 들게 되었단 걸 알았지
그 사람 때때로
웃음 머금고 물었지

인생이 왜 매일
행복한 날만 있어야 한다고
믿었던 거냐고

나 그때는
생이 어떤 비통함에 빠진다 해도
나를 껴안아 줄 할 최후의 한 사람이
나라는 걸 알지 못했었지

엄마 기일

친정 사 남매
엄마 유골함 앞에 모인 날

당신 좋아한 꽃 올리고
두 손 모으는데
머릿속으로 번쩍 켜지는 엄마

살아있을 때 니들 많이 보고 싶던 날에
그땐 다들 바빴었지
엄마 죽은 담에 다 무슨 소용이냐, 뭔 호들갑이냐
목소리 높이다 잠잠한 엄마
괜찮아, 좋아 보이니 됐다
너희들끼리 자주 보며 살 수 있다면
매일 엄마 기일이었으면
좋겠다
그리고 사라지는 엄마

내가 바라는 대로
내 편한 방식대로

그게 최선이라고 위로하며
세상 곳곳 숨은 엄마들을
나 얼마나 아프게 하며 살았나

당신 떠나던 해엔 이렇게 덥지 않았는데

하늘이 회초리를 대시는지
살갗에 닿는 볕
바늘처럼 따갑다

좋아해서 미안해

아이가 안골 집에서 우렁이 한 마리를 잡아 상자에 넣어
시내로 가지고 나가던 날
차 안에서의 일이다

예쁘고 착한 우리 기선이한테 붙잡힌
우렁이는
행복하겠네

할머니 애는 사실 불행한 애예요
풀숲이나 들에서 자유롭게
놀아야 하는데
나한테 잡혀 갇히게 됐잖아

파주 집으로 데려가기로 해서 미안해
내가 널
좋아하게 돼서 미안해, 미안해

상추를 갉아 먹는지 살피는
아이 얼굴에
먹구름 짙다

정주연

2001년 『평화신문』 신춘문예 시 당선
으로 등단.
시집으로 『그리워하는 사람들만이』
『하늘 시간표에 때가 이르면』『선인장
화분속의 사랑』『붉은 나무』가 있다.
한국시인협회 • 가톨릭문인회 회원, 강
원문인협회 • 강원여성문학인회 이사,
춘천문인협회 전 부회장. 표현시 • 삼
악시 동인.
'강원문학작가상', '춘천여성문학상',
'강원여성문학우수상' 등을 수상.
jy—june@hanmail.net

수록 시

연구대상 | 참 좋다 | 얼음 해골

나의 시詩, 그 가난한 노래들

어느 아침 거실 창문으로 밀려들어온 햇살이 건네 온 화려
한 미소, 한 조각 그 신비가 알려준 고백

아! 내 안에 노래가 있었구나

시詩라는 이름으로 내 안에서 자생한
생과 세월의 탄식과 환희의 영탄詠嘆

내 가난한 노래가 어언 스물다섯 살이 되어 지금 이 글을,
다섯 권의 시집을 만들게 되었다.

그래서 지금 나의 노래, 나의 시는 자정自淨 기基 의意 중이
며 아직도 시들지 않는 청춘(?)이건만 강물에 던져진 병 속
의 시인 듯하다.

적어도 숨을 쉬는 동안엔 뒷산 골짜기 맑은 냇물처럼 나의
노래 그 수원지가 마르지 않기를 비밀처럼 가만히 두 손을
모은다.

연구대상

정주연

C 경찰서 방향 온의 사거리
나는 좌회전 신호를 받고 직진으로 진입
다시 좌회전 선으로 안착 신호 대기 중

그런데 뒤따라오던 검정색 사브 차 한 대
느닷없이 4차선 도로 쪽 차선에 급정차하더니
험상궂은 얼굴의 젊은이가 무단 횡단해 내 자동차로 다가와
조수석 유리창을 주먹으로 내려치며 삿대질을 한다
겁에 질린 내가 창문을 내리고 영문 모른 채 사과를 했는데
"썅 젊은 줄 알았더니
할망구, 운전 똑바로 못해! 썅 썅" 하고 거칠게 돌아서 갔다

하늘이 노래진다더니 내가 뭘 잘못 했다고
3~40대쯤 돼 보이는 젊은이 그리 부랑을 떠는지
대로변에서 그 포악함이라니

그는 무엇 때문에 저리 열폭을 하는 걸까?
1초도 참지 못하는 뚜껑 열림 현상을
나는 도저히 이해할 수가 없다

그 꼴이라니, 당장 책장을 덮듯 삶을 중단하고픈 심정이지만

곰곰 생각해 본다
나보다 조금 아래 세대가 키운 자식이겠는데
무엇이 크게 잘못되어 저렇듯 윤택해 보이고 멀쩡한 외모에
돌연변이 인간 폭탄이 생겨나는지
이 시대 중요한 연구대상이라는 내 결론이다.

참 좋다

하늘 시간표를 따라 가을맞이 마른풀을 뽑는 저녁나절
이젠 꽃과 나무의 이 정원 하녀 직업이 벅차다고
여기를 떠나 그 좋고 편하다는
실버타운 이주를 모색해 보기도 하는데

해마다 거실 통 유리문 가득
핑크빛 레이스 꽃무늬 옷자락을 휘날리며
온 집안을 환한 미소로 채우고 환상의 꽃비를 내려주는
오래된 벚나무와 무심히 마주친 눈길
만류하듯 내 마른 가슴 속을 오래 응시하던
나무의 낮은 목소리

나는 여기에 이대로 남기로 했다
봄이면 제비꽃밭을
라일락 향기를 보내주는 그이는 누구신지?
내 비밀의 연인

그분은 분명 내게 맞는 죽음도
선물처럼 미리 마련해 두셨으리라

한 발자국씩 그분께로 나아가기로
나는 여기 산 밑 집에서 자연사하겠다는 결심을 해본다
매일 평온히 그날을 위해 준비하는
노동하는 오늘이 참 좋다.

얼음 해골

정주연

지난겨울 북해도
환상의 백색 눈 나라를 꿈꾸며 찾아간
축제장엔 인공 구조물에 물 폭탄을 쏘아 꾸민
얼음 궁전이 기상 이변으로 녹아내려
괴이한 얼음 해골이 되어 있었다

어둠이 내린 밤
김이 오르는 야외 온천탕 속에 잠겨 있으면
사뿐히 뺨 위에
젖은 눈썹에 닿자마자 순간 차가운 눈물방울로 사라지던 꽃눈
그 신비한 우주 깨알 기억의 점을 찍던 북쪽 나라의 정취도
추억처럼 멀어진 대신
하늘로 쏘아 올리는 축포 소리만 요란했다

다음날 가이드의 설명은
어제 도쿄 기온이 23도
지금껏 이런 북해도는 없었다고 수런거리는 바람의 경고와
지구가 사라질 것만 같다는
당황스러운 얼굴의 나무들이

방화범을 찾아내야 한다고
관광버스 안 승객들을 유심히 살피고 있었다

임 동 윤

1968년 『강원일보』 신춘문예 당선으로 등단.
시집으로 『나무 아래서』『사람이 그리운 날』『고요의 그늘』『야만의 습성』등 열여덟 권이 있다.
'녹색문학상', '수주문학상' 등을 수상.
ltomas21@hanmail.net

수록 시

전철역에서 ㅣ 저 연둣빛 ㅣ 박쥐

시작 노트

근원적인 면에서 시 쓰기가 절망과의 싸움이고 허무에서 벗어나려는 몸부림이라면 나도 여기에서 자유로울 수가 없다. 내 시는 가족사의 아픔과 그로부터 빚어진 절망의 비망록, 혹은 일상의 권태와 허무에의 각서로도 충분히 읽혀진다. 그러면서도 고독과 허무, 절망과 시련으로부터 일어서서 생의 극복과 참다운 삶을 성취해내려는 희망의 한 양식으로 단단하게 뿌리는 박혀 있다. 이런 것들이 나를 붙들고 있는 시의 힘, 그 뼈대를 이루는 근본 축이라고 느껴진다.

어린 시절의 시골 기억, 홀몸의 어머니 생각, 모두 떠나 거미와 바람만 주인이 된 시골집, 내 밖의 집은 허물어지고 내 안의 집도 없는 영혼의 무숙자, 익명의 가출인 등등, 스산한 형상으로 가득한 풍경 속에서 나는 따뜻한 바깥을 그리워하게 된다. 이것을 찾는 일을 게을리 하지 않을 것이다.

내 시는 풍경의 내면화와 내면의 풍경화가 겹치는 지점에 위치한다. 풍경 속에 스며 있는 미세한 감정의 떨림은 '단호한 비명'이거나 '불안한 눈빛'으로 자주 나타난다. 상처 입은 적막감을 지니고 흔들리는 삶을 바라보는 시선은 다소 우울하지만 아주 슬프지는 않은 반투명의 그늘을 드리운다. 우리 삶의 주변에서 만나는 가르랑거리는 숨결들에 대한 안타까움을 나는 가급적 애정 어린 목소리로 형상화하고자 한다.

전철역에서

임
동
윤

그의 집은 언제나 땅 밑에 있다
햇살 한 자락 보이지 않는 매표소에서
그는 종일 행선지를 판다
좁은 창구로 던져지는 신용카드와 현금들
그때마다 그는 자동판매기처럼
재빠르게 표를 뽑아 갈 길을 알려준다
매일 자동차 경주하듯 뛰어가는 사람들
사각의 작은 행선지 한 장이면,
어디든지 갈 수 있다는 것을 알지만
그의 주거가 허락되는 곳은
오직 열 평 남짓한 캄캄한 감옥일 뿐
간혹, 갈 곳을 잃은 사람들이
차가운 시멘트 바닥에 박스를 깔고
신문지로 얼굴을 반쯤 가리고
죽음보다 깊이 잠든 것을 보면
그래도 아직 궤도에서 벗어나지 않고
공전하는 자신의 삶을 대견해한다
마지막 전동차에서 내린 사람들이
바쁜 귀가의 발걸음으로

계단을 통해 부산하게 빠져나가면
그제야 한껏 기지개를 켜는 사내
비로소 감옥에서 벗어나
그의 별이 빛나는 지상을 향해 올라간다

저 연둣빛

보도블록 틈새를 비집고
다소곳이 고개 내미는 저 연둣빛들은
절망의 몸부림일까, 살기 위한 저항일까?

물 한 방울 스며들지 못하는 보도블록 사이
보이지 않는 틈새를 비집고
오로지 하늘을 향해 손을 뻗는 저 연둣빛들

구둣발에 허리가 꺾이고 온몸이 짓눌려도
하늘 향해 솟구치고 싶은 욕망
그 하나로 사는, 저 꼿꼿한 정신을 본다

아스팔트 길이며 벼랑바위 틈새에서도
오래된 기와지붕 사이에서도
틈만 보이면 삐죽삐죽 솟아나는 저 연둣빛들

때론 제초기에 허리까지 잘려 나가도
며칠 후면 다시 웃자라는 저 끈질긴 생명력
폭풍우 속에서도 결코 바닥에 몸을 눕히거나

꺾이지 않는다, 다만 꼿꼿하게 일어설 뿐이다

보도블록 밑에서 질긴 뿌리를 내리고
틈새만 보이면 뾰족뾰족 새순을 뽑아 올리는
낙숫물이 바위를 뚫는다는 말은
저 연둣빛들을 두고 하는 말이 아닐까?

순간, 등줄기가 오싹해진다

박쥐

임
동
윤

내 발톱은 언제나 휘어져 있다
어둠의 길목에 촘촘한 레이더를 펼쳐놓고
미세한 날갯짓이 포착되는 한순간을 노리고 있다

햇살이 그리운 저 작은 벌레들,
연약한 자들이 이 겨울 넉넉한 양식이 됨을
나는 너무 잘 안다, 그래서 밤이면
동굴 바깥 어둠 속으로 슬슬 나들이한다

오오, 내 초음파는 정확해!
닿는 곳마다 질량과 크기,
거리와 방향감각을 날카롭게 탐지하는 것을,
내가 지키는 어둠의 길목은 빈틈이 없다
벌레들이 날아오르는 한순간을 포착하는 것이다

빛을 찾아 나선 저들의 행보도 잠시,
면도날 같은 내 이빨이 정수리에 꽂힌다
마취된 몸이 하르르 떨다가
끝내 눈먼 먹이가 허공으로 곤두박질친다

저 불빛 환한 거리에는
어둠에 빌붙어 숨어있는 동료들이 많다
착한 자들의 피를 빨아먹는,
갈고리 같은 발톱을 숨겨온 우리들
햇살 그리운 자들을 마냥 내몰고 있다

이화주

1982년 『강원일보』 신춘문예 동시 당
선, 『아동문학평론』 동시 추천으로 등단.
동시집으로 『뛰어다니는 꽃나무』 『내
별 잘 있나요』, 그림책으로 『사자는 생
각 중』이 있고, 손바닥 동화 『모두 웃
었다』 등 여러 권이 있다.
'윤석중 문학상' 수상.
cchosu@hanmail.net

수록 시

고추 ㅣ 꿈속까지 따라갔다 온 할머니
발가락 ㅣ 나는 별 한 송이

내가 가지고 있는 오래된 책이 있다. 표제지와 목차는 표지와 붙어 펼쳐볼 수 없다. 속지도 바스라질 것 같아 조심조심 넘겨본다. 박목월의 『동시 교실』이다. 머리말 하단에 四二九〇년 十月 朴 木 月로 씌어있다.

1957년 12월 5일 초판 인쇄된 이 책을 펴 볼 때는 보석함 속 귀한 반지라도 꺼내보듯 미소를 짓곤 한다. 내 나이 아홉 살 때 세상에 나온 책, 값 400환, 지은이가 대 작가인 박목월이라는 책이 품고 있는 상징성 때문이다.

나를 즐겁게 하는 또 하나가 있다. 어느 날 발견한 책갈피 속의 낙서이다. 서툰 글씨체의 연필 글씨. '까분 사람 → 김진호 이을동' 낙서한 아이도, 까분 아이 '김진호'와 '이을동'은 아마도 파파 할아버지가 되었거나 이 세상 사람이 아닐 수도 있다.

대 작가가 추천한 동시들은 그 아이들 가슴에 스며들었을까. 희미한 색깔로라도 물이 들었을까. 아니면 나처럼 동시를 사랑하는 사람이 되었을까. 하여튼 이 낙서는 봄볕에 봉오리가 벌어지듯 날 활짝 웃게 한다. 그때나 지금이나 아이들은 우리에게 희망을 버리지 않게 한다.

헤르만 헷세는 시 「어느 시인의 헌사」에서 '노래도 생명도 부질없는 것 / 영원히 울리는 노래는 없다 / 모두는 바람에 날리어 사라진다 / 꽃도 나비도 / 모두 썩어 없어지는 것에 불과한 것' 이라 노래했다. 그렇다 하더라도 그의 다른 시구처럼 우리는 신의 거대한 정원에서 즐겁게 피고 져야 하는 것이리라. 쓰는 일을 멈추지 않으면서.

고추

이
화
주

멍석 위
고추 뒤집던 엄마
팽나무 그늘 속으로 후다닥

고추들은
땡볕 좋아 좋아
불볕 샤워 좋아 좋아 좋아

고추 불덩이
한겨울에도 식지 않아
가루가 되어서도 식지 않아

김치 먹다
불, 불난다.
입안에 불 끄게 물 물물.

꿈속까지 따라갔다 온 할머니 발가락

할머니 발가락,
가지색으로 멍들어 있다.
"어머! 어머!"
깜짝 놀라 물었더니

꿈에
누렁이 한 마리
물려고 달려들어
발로 힘껏 걷어차셨단다.

꿈결에
책상다리 걷어차
"아 야야야"
발가락 붙잡고 절절맸다고 하신다.

할머니는 계속
"세상에, 세상에
발가락 부러질 뻔했네. 참 참, 참"

"누렁이 녀석한테 물린 것보다 나아요."
쿡쿡쿡 웃음 참으며
할머니 발가락에 약 발라 드린다.

나는 별 한 송이

친구들과
농장에서 놀다 오는데
그 아이가 들장미 한 송이를 주었다.
아가별처럼 작은 꽃

어디다 꽂지?
고민하다 빈 쌍화탕 병을
말끔히 헹궈 꽃을 꽂아 책상 위에 놓았다.

누나가 보고 한마디 했다.
유리컵도 많은데…

장미꽃이
쪼로록 물을 빨아올리며 웃었다.
난 감기 안 걸릴 거야.

너의 별이 되었으니까.

박 해 림

1996년 『시와시학』으로 시 등단.
시집으로 『슬픔의 버릇』『오래 골목』
『바다 경전』 등이 있고, 동시집으로
『간 큰 똥』『무릎 편지, 발자국 편지』
등이 있으며, 시조집으로 『코다리』『골
목 단상』『못의 시학』 등이 있다.
haelim21@hanmail.net

수록 시

한해살이 ㅣ 일 분 레시피

지금 보고 있는 것이 '낯설다' 하여 새롭다고 말할 수 있을까. 낯선 것이 다 새로울 수 있을까. 지금 내 앞에 놓인 '익숙함'과 '낯섦'은 무엇일까.

이즈음, 익숙한 사물이나 익숙한 풍경 그리고 익숙한 사람을 보면서 문득 '새로움'에 대해 생각해 본다. 누구라 할 것 없이 처음 본 대상은 대체로 낯설다. 낯선 것은 그저 낯설 뿐 새로운 것은 아니다.

그러나 익숙한 것에서 문득 새로운 것을 만날 때는 사정이 달라진다. 낯섦 속에서 뜻밖의 익숙함이라니. 그것은 오래전부터 '세계'는 곧 '거울'이라는 공식이 전제되어서일 것이다. 누구에게나 익숙한 마주침에서 맞닥뜨리는 새로움이란 대체로 익숙함을 전제로 이루어지는 것이어서 매우 자연스럽게 스며든다.

두 명의 굴뚝 청소부 이야기를 떠올려 본다. 굴뚝 하나는 깨끗했고, 다른 하나는 더러웠는데 한 명의 얼굴은 까맣고 다른 사람의 얼굴은 하얗다. 여기서 누가 씻으러 갈까? 아마 흰 얼굴의 굴뚝 청소부가 씻으러 갈 것이다. 왜냐하면 상대편의 얼굴을 보고 자신도 그러하다고 생각할 것이기 때문이다.

상대의 얼굴에서 나를 돌아보는 시간 과연 그럴까.

한해살이

박
해
림

　탁상 달력을 뜯습니다 꽃들이 울컥울컥 쏟아집니다 한해살이를 끝낸 생명들이 종이 낱장을 붙들고 마지막 제 생을 터뜨리고 있는 것입니다 바닥에 흩어진 결혼식, 도시가스 검침, 동창회, 정기건강 검진, 둘째 생일, 노모의 기제사, 부활절, 클린세탁물 찾는 날, 날, 날들이 빨강, 노랑, 보라꽃을 그득 피워대고 있었던 겁니다

　날짜들을 떠받치고 있는 것이 꽃이었다는 것을 한 해를 다 보내고서야 알았습니다 빈칸마다 모종들이 쑥쑥 자라고 있었던 것입니다

　수명이 끝난 붉고 노란 꽃들을 누르자 꽃물 든 손바닥에서 눈물처럼 재채기처럼 이야기가 탁탁 터집니다 색이 번져서 어떤 꽃이 봄꽃인지 가을꽃인지 몰라도 좋습니다

　한 해가 다 저물도록 꽃이 되지 못한 내가 난쟁이가 되어 줄레줄레 따라갑니다

일 분 레시피

민들레 노란 목젖, 작약 새순 약간, 수선화 입술, 휘파람새 눈물 조금, 산수유 발톱 세 쪽, 황사 약간, 햇빛 넉넉히, 수줍음 5그램…

먼저 작약 새순은 찬물에 잠깐 담갔다가 건진 후, 수선화 암술 수술은 부서지지 않게 부드럽게 살살 흔들어주세요 단, 산수유 통꽃은 식초에서 떫은 맛을 우려내어야 해요 추울 때 가장 먼저 피는 꽃일수록 맵차고 독하거든요

풀밭을 쫙 펴세요 햇빛을 넉넉히 두른 후, 작약 새순을 한꺼번에 넣고 저으세요 눈바람을 골고루 뿌려준 다음 민들레 노란 부위와 수선화 암술 수술과 산수유 통꽃을 차례로 집어던지세요 휘파람새 깃털로 마무리하는 것도 잊지말구요

그리움 한 접시 마음 놓고 잡숴보세요

김 창 균

강원도 평창군 진부 출생.
1996년 『심상』으로 등단.
시집으로 『녹슨 지붕에 앉아 빗소리
듣는다』『먼 북쪽』『마당에 징검돌을
놓다』『슬픈 노래를 거둬 갔으면』이 있
고, 산문집으로 『넉넉한 곁』이 있다.
제9회 '발견문학상', 제1회 '선경문학
상' 수상. 현재 한국작가회의 회원. 작
가회의 강원지회장.
muin100@hanmail.net

수록 시

중환자실 앞에 배를 매며 | 귤 상자
속에 귀를 대 보며 | 파치에 드리우는
그늘

시작 노트

나는 장소를 사랑하는 인간이다. 인간은 장소에서 태어나 장소로 돌아가는 생명 가진 것이기 때문이리라. 최초의 장소인 엄마의 자궁에서 엄마와 만나고 세상에 나와서는 세상과 세상을 살아가는 인간과 관계를 맺고 또 관계를 끊으며 생을 펌프질 한다. 마치 봄 나무가 뿌리부터 자신의 물관을 펌프질하여 초록을 피워내듯 그렇게.

장소는 시간과 숙명 같은 짝이어서 나는 늘 장소를 탐닉하고 시간을 기록하기를 즐긴다. 인간의 삶의 탄생과 죽음의 생겨남을 기록하고 삶과 죽음의 과정을 기록하고 나무와 강과 바다와 수면을 핥고 가는 바람과 언덕을 넘어 오는 긴 휘파람 같은 것도 기록한다.

오래 파란 하늘과 푸른 별과 구름의 층위를 바라보았으나 아직 눈이 멀지 않았으니 그것들을 볼 수 있는 마음의 눈이 열릴 때까지 나는 나와 대면한다.

하여 좀 더 내가 사는 장소에 애정과 눈길을 주고 그 장소를 끌고 어딘가를 가는 시간을 촘촘하게 보아야겠다.

중환자실 앞에 배를 매며

김
창
균

세상의 많은 것을 보고
또 깊이도 보았으나
그랬으나
종내 눈이 멀고

세상 온갖 소리를 듣고
또 어떤 것들의 심연까지 들었으나
그랬으나
마침내 귀가 멀고
멀어버린 당신

온몸의 숨을 다 들이마시고
그리고
끝끝내 다시 뱉지 않는 당신

당신의 숨결 위를 노 저어
천천히 하현달이 지나간다.

귤 상자 속에 귀를 대 보며

초겨울
제주에 사는 지인이 보낸 귤 한 상자
어느 비 내리는 곳을 돌아왔는지 주소가 얼룩져 있다
상자를 밀봉한 투명 테이프를 떼자
같이 떨어지는 당신의 주소와 이름

어쩌면 저 귤 한 상자 속에 담긴 귤들은
같은 나무에서 피를 나누며 자란 사이일 거라는 생각에
오래 같이 붙어 있으라고 서늘하고 통풍이 잘되는 곳에 보
관한다
하지만 그리 오래가지 않아 그중 몇 개는 하얗게 곰팡이가
슬어 있다
흰색 곰팡이, 서로의 몸이 닿자 화들짝 놀란 자국이다

소스라치게 놀란 몸들
썩은 것과, 썩지 않은 것과, 썩을 것이
서로 몸 닿지 않으려
바닥까지 서로를 팽팽하게 당긴다

귤 상자 속으로 손을 내밀어 보며
곰팡이 슨 것들을 골라내며
나는 어느 날 끝내 그 바닥을 보고야 만다.
썩은 몸들이 눌어붙었던 자국 위에 또 어떤 기막힌 얼룩
바닥 곳곳엔 섬에서 보낸 구멍 숭숭 뚫린 말 같은 것이
아리게 배어 있다.

파치에 드리우는 그늘

곤충들이 자신의 집을 비우는 계절
느닷없이 내리는 비는 꽃밭 엉덩이를 채찍질하듯 몰아친다

몸통에서 떨어져 나온 배춧잎을 그러모아 양푼에 담으며
소금에 절일 생각을 하는데 벌써
잎맥에 솟았던 근육이 순해지기 시작한다

벌레들이 버려진 음식물 속으로 기어들어가 새끼를 치고
어떤 냄새의 자비에 이끌려 언젠가 생을 망친 적이 있는지
집나온 고양이가 다리를 절며 안간힘으로 길을 건넌다
가끔 무리를 벗어나 제 삶의 영역 밖을 서성이는 일은
위험하고 쓸쓸한 일

그 어떤 기웃거림도 받아주는 순한 손등처럼
쓸모를 다한 배춧잎에 고스란히 맥을 놓는
오후의 그늘, 그늘들.

김 순 실

1998년 강원일보 신춘문예 등단.
시집으로 『고래와 한 물에서 놀았던
영혼』『숨 쉬는 계단』『누가 저쪽 물가
로 나를 데려다 놓았는지』『어디에도
없는 빨강』이 있다.
biya5534@hanmail.net

수록 시

서리 맞은 말 | 무말랭이

시작 노트

얼마 전 천년 고찰 영주 부석사에 다녀왔다. 안양루에서
아득한 태백산맥을 마주하면서 나는 거대한 시의 백두대간
에 첫발을 디딜 때의 감회에 사로잡혔다. 사바세계에서 화엄
세상을 꿈꾸는 장엄 속에서. 참으로 시는 아득한 구도의 길
과 다름없다는 것.

그 성찰의 시간에 만물의 깊은 눈을 지닌 시를 꿈꾸었고,
그것이 문학에 대한 내 절절한 간구였다. 부석사의 단청 없는
누각들이 주는 고졸한 아름다움. 내 시도 그랬으면 좋겠다.

겹겹의 능선들이 춤을 춘다. 농담 다른 산자락이 힘찬 북
채가 되어 내 삶을 두드린다. 무량수전 배흘림기둥에 기대서
서 능선과 능선을 잇는 시의 순례. 하염없다. 내 언어가 다다
를 궁극의 어떤 곳도 저 탁 트인 일망무제 같다면야.

팔작지붕 네 귀퉁이마다 서려 있는 춤사위. 넓은 소맷자락
펼치며 금방이라도 한 동작 펼쳐 보일 것 같은 기품 있는 자
태. 그 간결한 이미지에 내 추상이 구체적인 형상을 얻는지
눈앞이 아찔해진다.

가늠할 수 없는 세월 견뎌내느라 군데군데 갈라진 나무기
둥. 한 생명을 잉태한 여인의 뱃살 같은 그 몸 살그머니 안아
본다. 귀를 대면 느껴오는 태아의 박동. 문학에 대한 분별없
는 그리움 지그시 잠재우는.

오늘밤 모니터 위에서 리듬을 타고 춤추는 나의 시행들.
밤새 나는 시의 넋을 붙안고 춤추리라. 춤을 통해 시를 바라
보듯, 시에서 춤사위를 포개듯이 무언가를 바라보는 시선이
깊고 넓어졌으면 좋겠다.

서리 맞은 말

김순실

석사천변 산책길 옆 밭에
새벽이슬 머금은
가지, 호박, 고추, 오이, 푸성귀들

아침을 기리는 그대들이여
보기만 해도 기운 나는 듯
두 팔 힘껏 발걸음 빨라지네

그러나 어느날 보았네
딱 가로막는 붉은 팻말을

'농약을 쳤습니다'
된서리 맞은 여섯 글자
아침을 기리는 징조는 멀리 사라졌네

농약에 항복한 열매들은 왜 저리 기세등등할까
멸종의 시간을 노래하듯

지키려는 붉은 글씨와

망설이는 손 사이의 팽팽함을
무심한 듯 걸어가는 새벽

물질과 생활이 출렁인다

무말랭이

김순실

말랭이 하면
말랑말랑 입꼬리 올라가지만
채반에 가지런히 널린 무의 토막들
태양이 낳은 해독되지 않은 상형문자 떠오른다

무방비로 바람 맞으며
마르고 말랐다가 다시 물기 품어
돌아오지 않을 까마득한 식감이 될 때까지
말랑말랑한 마음 같은 것
당신이라는 여정은
시를 빚는 일이 아닐까

이제 시간이 나누어준
태양의 채반에서 얼마나 눈부실까

꼬들꼬들 잘 마른
내가 고를 수 있는 문장들이
물음표를 던지며 제자리를 잡으면
동그란 어깨의 사람들
풍경 속으로 걸어나온다

김 서 현

2022년 『강원작가』 신인상으로 등단.
시집으로 『목련이 환해서 맥주 생각이
났다』가 있다.
keysh2016@naver.com

수록 시

안부 ┃ 편의점이 폐업하자마자 교토에
벚꽃이 피었다 ┃ 안데스의 별을 습관
적으로 엿보고 있다

시작 노트

나를 향한 물음표를 던져본다.

온전히 나만 잘되는 길을 먼저 생각할 때, 머뭇거리게 된다. 사람은 이기적인 동물이라서.

매뉴얼에 따라 일하는 사람, 보통 사람, 다정함을 기반으로 한 삶의 가치를 추구하는 사람, 좋은 작가, 좋은 어른이 될 수 있을까.

안부

김
서
현

월요일마다 춘천역에 있었는데
어딘가에 두고 온
무엇인가가 생각났다

모서리가 일치하도록 반을 접은 계단에
떨어져 나간 구두 뒷굽의 기분을 이해할 거다

매표소의 단단한 힘에 기대어
나는 속삭였다
누군가와 마주 보며 열차를 타고 싶은 적이 없었냐고

꼬리를 무는 무관심에 사건은 일어나고
그때마다 너의 등 뒤에 나 있는 푸른 점 하나를 만진 느낌이라고
이 느낌은 몇 분 후에 필요한데
혹시 같이 하차할 수 있는지

월요일이라는 단어에는 다음 날이 화요일이라는 말이 포함된 건지
물으려다 말고
그보다 안부가 우선이라 생각해서

편의점이 폐업하자마자 교토에 벚꽃이 피었다

편의점이 폐업하자마자 교토에 벚꽃이 피었다. 한 움큼 벚꽃
향기가 편의점 문 틈새로 새어 들어가 원 플러스 원 삼각김밥
진열대에 멈춰 참치김밥의 참치 냄새를 한껏 들이키더니, 네
모난 도시락 판매대로 돌다가 세 끼 식품에서 만든 돼지불고기
도시락의 고기반찬을 들여다보고는 비닐 포장을 벗긴 뒤 뚜껑
을 덮은 채로 전자레인지에 이 분 돌려주고 뚜껑에 붙어 있는
스카치테이프를 떼어내고 열어보니 스팸 한 조각이 수줍게 올
라가 있는 걸 보고 오천오백 원 금액대에 이 정도 구성이면 나
쁘지 않은 듯하여 부실하기 짝이 없지만 도시락에 들어있는 젓
가락으로 빠르게 먹어보니 쫀득하고 찰진 쌀밥의 식감이 그대
로 살아 있어서 이 분만 돌렸는데도 갓 지은 밥처럼 맛이 좋고
소시지 야채 볶음과 양파무침도 입에서 톡 터지는 식감이 어
우러져 만족하려 했거늘 계란말이가 맛없기 참 힘든데 그 힘
든 걸 세 끼 식품이 해내다니, 희한하게 맛이 없는 계란말이
는 퍼석퍼석한 식감이 별로였고, 볶은 것인지 생것인지 구분이
잘 안되는 신김치, 그래도 없으면 아쉬울 테니 김치맛에 진심
인지라, 정체성을 잃은 김치에 조금 화가 날듯하였지만, 돼지
고기 제육볶음은 제대로 된 고기인지라, 퍼석거리는 식감도 없
고, 간도 알맞게 단것과 짠 비율이 잘 버무려져 있어서 밥 위에

얹어서 먹으니 상추쌈 생각이 절로 날 정도로 꽤 괜찮은 맛이어서 먹어본 결과 한 끼로 먹기에 금액적인 면이나 구성이 나쁘지 않고 폐기 상품이어도 아직 괜찮다고 후기를 남기고 싶었으나 만 원에 네 캔 맥주에 눈길이 가고 곧 알코올 냄새에 흠뻑 취하는 바람에 교토의 벚꽃은 흐드러지게 낙화하기 시작했다

안데스의 별을 습관적으로 엿보고 있다

안데스의 별은 지구에서 그리 멀지 않은 작은 별이다. 어둑어둑해지는 저녁 길을 걷다 보면 언젠가 만난 것만 같은 칼칼한 하늘, 생각날 듯 말 듯 한 태양 속 골방, 밤마다 뛰어오는 고독이 별보다 빠른 공간.

세사르 바예호라는 이름을 가진 라틴아메리카의 청년을 알고 있니? 신이 아프던, 몹시 아프던 날 태어난 청년. 인간은 슬퍼하고 기침하는 존재 그러나 붉은 가슴으로 기뻐하는 존재라고 한 청년. 리마의 거리에서 잊히고 무시당한 청년. 체 게바라가 사랑한 사람. 잡히던 것에 익숙해진 오른손은 허공에서 또 하나의 팔을 찾고 있던.

별을 몰래 멀리 보낸다. 절반쯤 눈을 감는다.

재빨리 별이 숨어버리는

김 남 극

강원도 평창 봉평 출생.
2000년 「강원작가」, 2023년 「유심」 신
인문학상 수상으로 등단.
시집으로 『하룻밤 돌배나무 아래서 잤
다』 『너무 멀리 왔다』 『이별은 그늘처
럼』 등이 있다.
namkeek@hanmail.net

수록 시

초여름 | 흐르는 그늘

시작 노트

추석이 지났는데 더운 여름이 끝나지 않았다.

지구를 누구나 걱정한다. 하지만 지구를 위한 일은 하지 않는다. '인류세'라는 말이 익숙해진 날들.

시가 자기 성찰의 한 양식이고, 새로운 삶을 모색하는 행위라면 적어도 시인은 이 시대 마지막 순교자일지도 모른다. 경건한 자세로 앉아 산과 들과 나무와 풀을 바라보는 일에 골몰해야 하는 이유다.

다만, 이 자세를 얼마나 오래 가져갈 수 있을지는 모르겠다. 시절이 지나치게 하수상하니 말이다.

초여름

김
남
극

아름다운 것들을 그리워하지 않은 죄*
아름다운 것들을 사랑하지 않은 죄로 나는
여기 유배되었다

초여름 마당가에 나오자 별이 쏟아져 내렸다
세속적으로 성당의 문을 열려고 했으나
녹슨 고리가 툭 떨어졌다

저장된 뒤 영원히 삭제되지 않는 것들과
순식간에 삭제되는 것들

정수리를 넘어가면 죽는다는
자벌레가 등을 오르다말고
헉헉대며 성호를 긋고 서 있었다

자벌레가 오른 만큼만
죄가 용서되는 시간이 흐르고 있었다

* 이성복의 시에서 빌림, 『남해 금산』 중에서

흐르는 그늘

잠시 뜨락에 앉아 양귀비꽃에 내리는 여우비나
양귀비 잎을 스치는 소낙비 냄새나

그도 아니면 양귀비 씨방을 흔드는
북방 청밀밭 같은 소리가

가득한, 그늘이 흐르는
뒤란에 서서 그늘의 권력을

함석 울타리 녹슨 못자국처럼
허술하게 잃은 살림을

그늘이 흐르는 뒤란에서
그 유형지에서

슬픔을, 떠난 어머니의 마지막
맨발을, 한참 기운 기억을

무당개구리가 배를 뒤집고

몸을 말아 올리고는

버티고 견디던
뒤란에는

표현 시동인

김남극 강원도 평창 봉평 출생, 2000년 「강원작가」, 2023년 「유심」 신인문
학상 수상으로 등단. 시집으로 『하룻밤 돌배나무 아래서 잤다』 『너
무 멀리 왔다』 『이별은 그늘처럼』 등이 있다.
namkeek@hanmail.net

김서현 2022년 『강원작가』 신인상으로 등단. 시집으로 『목련이 환해서 맥
주 생각이 났다』가 있다.
keysh2016@naver.com

김순실 1998년 『강원일보』 신춘문예 등단. 시집으로 『고래와 한 물에서 놀
았던 영혼』 『숨 쉬는 계단』 『누가 저쪽 물가로 나를 데려다 놓았는
지』 『어디에도 없는 빨강』이 있다.
biya5534@hanmail.net

김창균 강원도 평창군 진부 출생. 1996년 『심상』으로 등단. 시집으로 『녹슨
지붕에 앉아 빗소리 듣는다』 『먼 북쪽』 『마당에 징검돌을 놓다』 『슬
픈 노래를 거둬 갔으면』이 있고, 산문집으로 『넉넉한 결』이 있다.
제9회 '발견문학상', 제1회 '선경문학상' 수상.
현재 한국작가회의 회원. 작가회의 강원지회장.
muin100@hanmail.net

박민수 1975년 『월간문학』 등단. 시집으로 『낮은 곳에서』 『잠자리를 타고』
『사람의 추억』 등이 있다.
bag676089@gmail.com

박해림 1996년 『시와시학』으로 시 등단. 시집으로 『슬픔의 버릇』 『오래 골
목』 『바다 경전』 등이 있고, 동시집으로 『간 큰 똥』 『무릎 편지, 발
자국 편지』 등이 있으며, 시조집으로 『코다리』 『골목 단상』 『못의 시
학』 등이 있다.
haelim21@hanmail.net

이화주 1982년 『강원일보』 신춘문예 동시 당선, 『아동문학평론』 동시 추천으로 등단. 동시집으로 『뛰어다니는 꽃나무』 『내 별 잘 있나요』, 그림책으로 『사자는 생각 중』이 있고, 손바닥 동화 『모두 웃었다』 등 여러 권이 있다. '윤석중문학상' 수상.
cchosu@hanmail.net

임동윤 1968년 『강원일보』 신춘문예 당선으로 등단. 시집으로 『나무 아래서』 『사람이 그리운 날』 『고요의 그늘』 『야만의 습성』 등 열여덟 권이 있다. '녹색문학상', '수주문학상' 등을 수상.
ltomas21@hanmail.net

정주연 2001년 『평화신문』 신춘문예 시 당선으로 등단. 시집으로 『그리워하는 사람들만이』 『하늘 시간표에 때가 이르면』 『선인장 화분속의 사랑』 『붉은 나무』가 있다.
한국시인협회 · 가톨릭문인회 회원, 강원문인협회 · 강원여성문학인회 이사, 춘천문인협회 전 부회장. 표현시 · 삼악시 동인.
'강원문학작가상', '춘천여성문학상', '강원여성문학우수상' 등을 수상.
jy-june@hanmail.net

최돈선 1969년 『강원일보』, 1970년 『월간문학』 등단. 시집으로 『허수아비 사랑』 『칠 년의 기다림과 일곱 날의 생』 『물의 도시』 『나는 사랑이란 말을 하지 않았다』 등이 있다. '강원문학상' 수상.
mowol@naver.com

최수진 2021년 《시와소금》 신인상으로 등단. 시집으로 『산채비빔밥과 몽키바나나』 『Mrs. 함무라비』 『뭄』이 있다.
wls11010@naver.com

한기옥 강원도 홍천 출생. 2003년 『문학세계』로 등단. 시집으로 『안개 소나타』 『세상 사람 다 부르는 아무개 말고』 『안골』 『세상 도처의 당신』 『좋아해서 미안해』가 있다.
'원주문학상', '강원작가상' 수상. 강원문협 회원, 표현시 동인.
eunhasu34@hanmail.net

허 림 강원도 홍천 출생. 1988년 『강원일보』 신춘문예, 『심상』 등단. 시집으로 『거기, 내면』 『말 주머니』 『누구도 모르는 저쪽』 등이 있으며, 산문집으로 『보내지 않았는데 벌써 갔네』가 있다.
gjfla28@hanmail.net

홍재현 2020년 『시와소금』 동시 부문 신인상으로 등단. 동시집으로 『달팽이 사진관』 『고래가 온다』가 있다.
jaehyunhong@gmail.com

황미라 1989년 『심상』 신인상으로 등단. 시집으로 『두꺼비집』 『털모자가 있는 여름』 『꽃 진 자리, 밥은 익어가고』 등이 있다.
hmrf89@daum.net

앞서 간 사람들이 남긴 미소

초판 1판 1쇄 인쇄 2024년 12월 10일
초판 1판 1쇄 발행 2024년 12월 15일

지은이 표현 시동인회
발행인 김소양
편 집 권효선
마케팅 이희만

발행처 ㈜우리글
출판등록번호 제321-2010-000113호
출판등록일자 1998년 06월 03일

주소 경기도 광주시 도척면 도척로 1071
마케팅팀 02-566-3410 **편집팀** 031-797-3206 **팩스** 02-6499-1263
홈페이지 www.wrigle.com

ISBN 978-89-6426-114-9 03810

강원특별자치도 강원문화재단
이 시집은 2024년 강원특별자치도 강원문화재단 전문예술지원사업 지원금으로 발간되었습니다.

잘못 만들어진 책은 구입하신 서점에서 교환해 드립니다.